詩敲雪月風花夜

待宵草

蘇白宇 詩集

導讀

從主婦日記寫起

——蘇白宇新詩集《詩敲雪月風花夜》中的四個象限

臺大中文系教授　洪淑苓

初識女詩人蘇白宇（1949-），是在鍾玲、李元貞的女詩人研究論著中。那時白宇的詩集尚未正式出版，只是自費印送，但已經引起研究者的注意。如今白宇整理既有的詩集，正式出版為《詩敲雪月風花夜》蘇白宇新詩集一套四冊，我也就權充早先的讀者與仰慕者，為大家推薦這套別具風格的詩集。

我發現蘇白宇寫詩是從「主婦日記」寫起，但緣於她的才思敏慧，對都市、自然、時間的主題書寫，也展現獨特的想像與思維。以下我就以家庭、都市、自然與時間這四個面向來解讀白宇詩中的敘述主體以及她所關注的主題。

一、主婦的代言人

鍾玲《現代中國繆思》稱許白宇寫出了都市女性的困境，而放棄事業進入家庭主婦的生活，也使得她對傳統女性的處境有極為敏銳的感受。鍾玲還說白宇的詩善於巧喻，但意象迷離，具有女性文體的特徵（第七章第一節）。李元貞《女性詩學》更分析了白宇的〈主婦日記〉，指出詩中的「我」，早已跳脫個人的侷限而變成「我們」，反映主婦的集體形象，刻劃了家庭主婦從事家務時的勞累與心境（頁81）。

我初讀白宇的詩，的確也有類似感觸。譬如〈主婦日記〉：

> 每天把五個人的口糧搬上五樓
> 不知能否算是一種薛西佛斯？

我眼前立刻浮現母親那輩的婦女，她們身兼母職、妻職和為人媳婦的種種負擔，而每天為了柴米油鹽、相夫教子，總是有周旋不盡的人與事。這些週而復始，勞心勞力，且無酬勞的家事，比起那位不斷推著石頭上山，又滾下山來的薛西佛斯，苦工夫毫不遜色。然而，奇妙的是，在此之前沒有人會把主婦生活和神話裡的悲劇英雄連結在一起。這首詩描述照顧一家人的食衣住行，安頓好三個孩子睡覺後，「我」才能稍微喘一口氣：

這才探首長吸一口室外的空氣
恰巧瞥見無寐的姮娥也憑窗
她跟我說寧願作伐桂的吳剛

吳剛伐桂的神話，涵義和薛西佛斯推石頭的象徵類似。這裡用嫦娥來投射自我，而訴說心願「寧願作伐桂的吳剛」，實在非常睿智幽默，儘管這裡面還帶著點辛酸。

家事何其繁瑣？女詩人如何能擺脫女性的宿命？〈主婦日記〉收在白宇自印的第二本詩集《一場雪》，我因此回頭去讀她自印的第一本詩集《待宵草》。

《待宵草》中的〈一天〉，寫的仍是家庭主婦的辛勞，但又加上自我理想的幻滅。詩的開頭寫著，在早晨，她原本充滿期待，想要拿「曙色」這塊布料，裁成美麗的晚禮服——這是譬喻的手法，當一天開始，她本充滿了希望，想要為自己過過充實的一天。然而，當洗衣機轉動，捲起了洗衣粉的泡泡，這泡泡並沒有激起詩人的浪漫聯想，反而必須一邊拿起雞毛撣子掃灰塵，而另一邊又要忙著張羅家人的三餐。菜刀和砧板的剁剁聲，轟隆隆的油煙和噪音，已經把她的氣力和理想消磨殆盡，最後：

這不堪的襤褸，只有
塞入枕中
孵夢

讀到此，我不禁掩卷長歎。一般人只看到文人懷才不遇，或是英雄末路的感慨，然而有智識有才情的女性，她們的理想，或者說是夢想吧，每升起一次希望或鼓起勇氣，便一次又一次被柴米油鹽這些瑣事剝削，最後只能「塞入枕中／孵夢」。就像在《待宵草》第三輯的〈時間〉詩中，詩人向時間之神乞討時間，為的莫不是想要做些有成就感的事。但以家庭主婦鎮日為家人「服務」，時間被切割得很零碎，這實在太難了。因此詩中說屬於文曲星的時間是純金的，因為他要打造一頂桂冠；屬於金童玉女的，則是泥土，可以任意揮霍，隨心捏塑。但是：

我的呢？早給竈神
炊成輕煙縷縷
連魔瓶也收不攏啦

萬般無奈高利乞借
睡神這才吝賜沙漏一個
眼睜睜讓秒分流盡麼？
擊散後能否淘洗出什麼顆粒？
不然堆得沙堡也成
只要日永不出，潮不再漲

文曲星彷彿暗示家中的男主人，金童玉女也可說是暗示家中的子女，他們的時間是寶貴的，或是悠閒的，總之，都可以按照自己的心意去運用。唯有「我」這個家庭主婦，早就把所有時間奉獻給家人，因此被吹成裊裊炊煙。竈神的出現，講的就是家庭主婦在廚房裡耗盡時間和心力。所以儘管到了晚上，千拜託萬拜託，睡神給她一點點時間，讓她還有點兒精力不會睡著，但能否完成什麼作品？她只能戰戰兢兢，努力創造，即使堆出沙堡也成。可是，詩末祈禱「只要日永不出，潮不再漲」，她彷彿也能預見結果，這幾乎是不可能的任務！

白宇十分洞悉女性身為家庭主婦的宿命，但她還是努力表達自己的夢想，希望寫下更多詩篇。另一首〈囚〉，把走入婚姻的女性比喻為囚犯，結婚戒指如同套上手銬，生育兒女如同戴上腳鍊，「叫你在曠野為犯」。而後這些手銬、腳鍊，又轉化為「機關牆」，忽緊忽鬆地宰制了「你」的活動範圍。所幸，還有一個缺口：

最幸運的是：頂上
並沒有第五道牆
只要那方雲天
永在，你甚至無懼風雨

這裡，令人感傷也感動的是，當手銬、腳鍊以及四面牆限制了詩中的「你」，「你」還是不放棄希望，仍然仰望藍天，無懼風雨。

在女性主義思潮盛行之前，白宇已經寫下以女性／主婦為主題的詩篇。她不需吶喊，而是出自親身經驗，但又以巧妙的譬喻，帶著幽默、自我解嘲的方式說出心中的懊惱——但這不是只屬於個人的牢騷，而是傳統女性，宿命、集體的寫照。也許當今的女性面對家務、家庭的負擔已經有減輕或解決的方式，但白宇這些寫於一九八〇年代初（或更早）的作品，反映主婦的心聲，可說為時代留下可貴的見證。

二、都市的速寫者

白宇的詩以抒情為主，大多描寫個人內在心境。但從《待宵草》中的〈塵市〉來看，長達四十二行的篇幅，顯示早期她對都市題材是下過功夫的。

〈塵市〉共十一段，前十段以每段四行的整齊形式呈現，最後才以兩行來收尾。「塵市」的命題有紅塵俗世的涵義，但「塵市」指的就是城市、都市。詩的開頭就點出都市人的生活是通宵達旦的，因此黎明不是一天的開始，「而是／許多夜戰的結束」。詩的第二段繼續描寫，在呵欠連連的情況下，都市的人們開始驅車上班，但所經之處是擁擠而漠然的景象：

排隊擠車過陸橋排隊擠車
喇叭紅燈煞車聲喇叭紅燈
漠然兜圈的鐘
無目的地反覆滴答

整齊而刻意反覆的字句，反映的正是都市人無聊單調的生活。而別出心裁的是，接著就以白老鼠、黃金鼠、鼠籠、餅乾等實驗室的情境，譬喻都市上班族進入公司大樓上班的情形。人可笑的是，人們對自己這般的處境是不知情的，還彼此默默相望，客套寒暄。而公司大樓的另一個景觀是，有嚴格的門禁，因此：

訪客先驗明正身
通過重重電鎖電眼，然後

大家面對螢光牆壁
不思蜀，不思過

電鎖和電眼說明了這是先進的上班大樓，具有現代化、電子化的監視系統。而無論是上班族或是訪客，一旦走入這公司大樓，就被關進了現代化、都市化的牢籠，無法窺見窗外的春天與自然美景，最後是霓虹燈取代了自然。如同詩的最後兩段：

擠得扁扁的太陽，匆匆乘電梯
爬下方方正正的泥灰丘陵
滿臉塗抹，霓虹燈擠眉弄眼
晚霞和星光退去

風也屏息
海鷗不來.

太陽搭乘電梯下樓，是個頗新鮮的譬喻，代表時間由黃昏進入夜晚。但這也用來代稱那些上班族，因為他們下了班，又開始另一種五光十色的生活，夜晚變成他們享受生活，卻也是麻痺自己的時間。可以想見，直到黎明即將來臨，這種生活才告結束，然後又是呵欠連連的展開上班、下班的循環。晚霞、星光、風和海鷗，代表大自然，也是自然和都市的對比。

在白宇筆下，「電梯」成為公司大樓的具體象徵。《待宵草》有〈電梯〉一首，寫出都市上班族每日先塞進公車，再登上十三樓的辦公室上班。走出公車，彷彿可以讓人透口氣，但這十三樓的辦公室卻是有空調而無窗，氣氛的緊閉可想而知。更何況，還要隨時注意上司的眼神，不得怠慢。於是，白宇為這個上班族寫下夢境和想像：

每夜每夜，總要夢見那
上上下下開開闔闔不得喘息的電梯
恍惚自己胸前也生出一排圓鈕
任人撳按。也有那麼一次
它突然變成直衝太空的

火箭！

火箭的想像，真是神來之筆！而且打破了上班族的鬱悶，讓人也想直衝太空，獲得自由。《一場雪》也有〈上班〉、〈下班後〉二首，都是對都市上班族的寫照，而且也都有奇特的想像。

〈上班〉首先寫出有個上班族做了劫機夢，「劫機未成而被捕幸好只是／昨夜一場支離破碎的夢」，可見這個上班族多麼想要逃離朝九晚五的上班生活。接著，上班的模式也被形容為搭機離境：

此刻又來到離鄉的出境室
打卡鐘前的大鏡先要驗身
髮梢不宜飛揚少年的壯志
眼底不得瞭望未來的蜃樓
……（略）

通關後隨即就位無窗的艙腸
等速掃描的視線便不再逾界
並無終點的例航將正午折返

上班時不能攜帶各種私人的情感、夢想，在詩的中段還提到，除了公事包，連「走私一顆白雲糖或一縷花香」都不行。無窗的位子，不得越界的視線，更凸顯上班族的苦悶。至於為何「將正午折返」，顯然一去一返，才能回到原點，才能趕得及下班。仍然是單調無聊的上班程式。〈下班後〉則是描寫下班後，把髒衣服丟進洗衣機，然後囫圇吞棗地吃著晚餐，看著已成「舊聞」的電視新聞節目。接著是連續劇、綜藝節目，這些過程，都和最先的洗衣服過程連結在一起，和洗衣、脫水、烘乾的步驟一一對應。最後連熨斗、燙衣服都派上用場：

由不得電腦控制的亂夢
來來回回倒也算是個熨斗

第二天又能平平整整地出門啦

這兩首上班、下班的詩，雖然是寫於一九八〇年代，也許今天21世紀的上班族生活已略有改變，譬如看電視變成滑手機，但上班族單調、鬱卒、刻板循環的感受，恐怕還是一樣的。被視為專職主婦的白宇也許只有短暫的上班族生涯，但無論如何，這些詩中奇思妙想，以及頗為準確的生活境況刻畫，都充分展現白宇敏銳的洞察力和靈動的想像力。讀這幾首詩，讓我聯想到在街頭為人們速寫的畫家，他以簡單的線條勾勒人們的形神。詩人白宇也是，她運用屬於都市、上班族的意象與細節，加上詩意的想像，勾勒了現代都會的景觀。

三、自然的歌詠者

從白宇的四本詩集，還可看到白宇對於大自然的喜好。不只是她自訂的詩集名稱所涉及的風、花、雪、月，星圖、雨景、山水、雲霧、海洋、藍天……等等，都是她描摹與想像的題材，更不用說對於花草植物的喜愛。

短篇者，如《待宵草》的〈散步〉：

無人的山道上
兩雙足梭來回
織就一匹月光華緞
穿綴的流星
是圖案

又如〈河堤上〉：

雖界水平線的危顫
亦有地平線的豪闊
蒼茫野際，我是
月之女神悄然運行

不知人們眼裡，我
是圓是缺或明抑晦？
這絕對的水晶
恆足喜悅的飽滿

這兩首小詩沒有太多的華美修辭，但都寫得晶瑩剔透，星月輝映下，我們彷彿可以看到詩人白宇在曠野間、月光下，瀟灑漫步的姿態，甚至翩翩起舞，成為月光下的女神，甚至也就是月之女神，因為她的步履輕盈，舞姿曼妙，那怡然自在的神色，只有月之女神可以呼應。

篇幅稍長者，則如《一場雪》的〈雪〉，描繪雪的質地與形狀，又以希臘字母Ω、α譬喻，讓人不禁聯想她畢業於「大氣科學」學系的本業。詩一開頭就以「白之最初啊，白之至潔」來形容雪花的美，接著便描述雪花來得快也去得快，因此讓人措手不及，徒留遺憾：

早在冷雨的第一天
他就往虛無的空中

畫出半個「拗美嘎」
審判終結並無由上訴

據白宇自註，「拗美嘎」（Ω）為希臘字母的最後一個，半個Ω是樂曲結束前的指揮手勢。故此處說的即是雪花凝結很快，飄散下來，稍縱即逝，彷彿審判終結，無可上訴。因此，人們更感到惆悵了：

然而你卻闖得太近
正如從遠處不易分辨
揮動的手到底示來抑去
竟誤以為那是「阿爾發」

「阿爾發」（α）是希臘字母的第一個，代表開始。但代表樂曲結束的半個Ω的手勢，卻容易讓人誤解為α，以為雪才剛剛開始下。可是，這一切都是徒然的，因為春天已經降臨，雪也就成了「白之至真啊，白之最後」。用Ω、α做譬喻，真的是太出人意表了，使得詩歌也有科學的思維，這是白宇的獨特之處。

至於對雨的喜愛，尤其處處可見。第三本詩集《昨夜風》卷一，竟一連收錄〈所以成雨〉等九首有關雨的詩。第四本詩集《已殘月》至少也有〈雨恨〉、〈雨滴〉、〈雨針〉、〈雨夜〉、〈夜雨〉等五首和雨有關的詩。若說詩人吟詠風花雪月是常見之事，但對於同一意象、題材，可以反覆歌詠，又多所變化，實在需要功力，由此也可顯現白宇的才情。

先看《昨夜風》的〈一夜雨〉，首段：

這透明的、以全音符
前奏的雨滴，絮絮喋喋
聲聲逐風而輾轉
於燈前反側呢喃了整夜

這一整段可以看做一個長句子，係用似斷似連的句法，把夜雨綿綿，絮絮喋喋、呢喃似的聲音烘托出來。而詩中的主角正聽著這雨聲而徹夜無眠。詩人想的是雨聲可以帶詩人行走天涯，但等到雨滴從葉尖低落，也就斷了這念想。從詩中也可了解，詩人的無眠，是因為在尋覓詩句，雨聲的動靜，牽引了他的思緒。這一夜的雨，最後的結果是：

雷聲隱隱回擊夢窗的清晨
緊切的雨已漸次稀鬆
閃電搶先晨曦照亮了枕邊
不知是誰留下的些許印痕

當黎明來臨，雨聲漸歇，閃電照亮枕邊，詩人聽雨、尋詩，一夜無眠，卻也歷經了一次雨聲的洗禮，體驗了美的感受。

《已殘月》的〈雨針〉算是小型組詩，共有三首，第一首用「抹布」描繪烏雲密布，但很快的下起雨來了，雨腳細如針，白宇又用「亂針走線」來形容。最後這一場雨，下得密集，彷彿一幅「還有油彩泛動」的素畫。第二首用唱片的迴轉，形容雨滴落下，掀起陣陣漣漪的景象。也因此，雨針和唱機的鑽石唱針有了連結，白宇形容連續不斷的雨這樣下著：

好讓後繼的鑽級唱針
能立體環繞高歌
這寥寂的院落

雨聲颯颯，宛如樂曲，但也平添寂寥。到第三首，白宇帶出了這樣的心情：

亙古亙今　點滴終夜
無數層低音盈繞
雖未成篇章的
針葉的雨

終在另一片葉掌上
復刻出失憶的河
且貫穿了某人心頭
甚至還生了根

從「未成篇章的雨」復刻出「失憶的河」，也可略窺其中淒涼的心境。〈雨針〉三首，個別來看，有巧妙的聯想與譬喻，貫串起來看，又是詩人在雨夜聽雨，激發詩意的創作歷程。

在花草樹木方面，在白宇筆下有很多詩篇是寫「草木有情」。《昨夜風》卷三「契闊」，除了最後三首寫蟬和鳥兒，其餘十八首都是寫花木。無論是〈千年之戀〉寫雌雄異株的兩棵垂柳，歷經千年終於在歐洲之土會合，或是〈依依柳〉、〈遲葉〉從古典詩詞而引發創作靈感，寫來都是有情有意。又如〈槁木〉寫枯死的鳳凰木臨死前猶綻放無葉之花，〈古松情〉寫松樹為求生存，自燃以爆裂出松果中的種子，在在顯現白宇對於大自然旺盛生命力的讚嘆。

比較特別的是〈堤外樹〉，從全篇描述來看，和〈槁木〉所描述河邊的那棵鳳凰木是同一棵，但此篇的訴求卻是鳳凰木努力求生，仍然抵不過乾旱至極的噩運，最終還是全株枯死。但白宇要譴責的是：

直到疏鬆的老骨全盤坼崩
最後一縷灰藍的哽咽也消散了
始終都未驚動堤內的一扇窗

最後一句正揭穿了人類的痳木，可說是對「人非草木，孰能無情？」的反諷。所幸，對於大自然的歌詠仍然是白宇最傾心的事，《昨夜風》的〈深山的知音〉就寫出了大自然的和諧美好。本詩兩段十行，先鋪陳深山密林裡的寂靜，但又蘊藏地衣苔蘚、蟲語風聲的生機，然而一切還是維持著低調的神祕感。進入第二段才豁然開朗：

直到沛然一場解放的大雨
先是溪弦揚起淙淙的彈撥
繼而山崖管風琴共振著瀑鳴

再經八條河道搖滾擴音
全流域的小草盡皆知曉了

大雨穿行，溪流合唱，森林中的各種生物也將獲得雨水滋潤，恰恰造就了生機蓬勃、喜悅和樂的景象。大自然是白宇在現實人生之外可以悠遊的天地，而她時而理性，時而感性的手法，也為大自然創造不同的風情，讓我們驚喜、讚賞。

四、時間的行路人

白宇在第三、四本詩集，開始寫中年況味與老年心境。譬如《昨夜風》卷六題為「桑榆暮景」，其中不少是舊地重遊，回到童少時居住的基隆，就讀過的學校。〈有一天回基隆〉、〈重返半世紀前的國小〉、〈在童年的遊戲區〉、〈女中物亦非〉等，可匯集拼湊出白宇的少女時光。但是此卷中，也有〈墓園盪鞦韆〉、〈廢宅〉這樣充滿低迷頹喪氣氛的作品。〈桑榆暮景〉更以秋分、霜降、小雪和大寒四個節令，對應由中年入老年的感觸。其中有滄海桑田的感慨，也有以為是指甲鬆脫了，卻是假牙脫落的尷尬。白髮如霜，預告即將步入失憶的歲月，似乎惟有「返童」才能找回自我。但白宇又認為一路追溯，也將有力竭之時：

但攀至雲霄已然力竭
那堪負荷光年身外的記憶
只好扔棄一切錯綜的色素
將之全還原為皓白的月光

「皓白的月光」代表最原始純真的顏色，白宇認為真真到了失憶的境地，也只能拋卻一切外在之物，只保留純真潔白的心。

不過這不代表白宇已經「萬事皆休」，因為其後的《已殘月》還是有精彩的詩思與作品。〈共舞〉藉由海中的水母與「無腳的美人魚」跳探戈，翻飛的風與「手足俱缺」的落葉共舞，那麼孤單的「你」呢？白宇這麼寫：

優雅地轉著單人華爾滋

環擁透明的空氣又何妨

這首詩讓我們看見，即使孤單、不全，但白宇仍然看見和諧美好的可能，所以她才會認為單人華爾滋也可跳得優雅，擁抱透明的空氣也無妨，一切盡在我心。

歲月悠悠，白宇已年逾七十，由於一些機緣，我也略知白宇的人生歷程，其中的甘苦，不足為外人道也。《昨夜風》收錄〈接收一間空書房〉略略透露其中辛酸：

離婚後才有「自己的房間」與面山的寶坐。

當女性作家都在引用吳爾芙「自己的房間」時，白宇到何時才擁有這樣的空間與心靈？而〈禮物〉寫的是「再不會收到你祝賀的生日／只能借暖陽熨燙心底的傷皺」，這般傷心的情境下，卻有一隻斑蝶在她身邊環舞久久。於是，白宇騎著腳踏車，逆風在河堤邊閒蕩。她看到美人樹花開了，但花簇與天空之間還有一片殘缺，彷彿天人之間隔著斷橋。白宇此刻浮現的心情是：

仍堅信在第五度空間的你
未忘遙贈媽媽特別的一天

詩的最後兩句才點出這是一個中年喪子的母親，她獨自度過沒有兒子祝賀的生日。她把悲傷隱忍下來，還是相信兒子會記掛著她，飛舞的斑蝶和盛開的美人樹，就是兒子贈送給她特別的生日禮物。讀至此，相信讀者都會泫然。

其實，白宇很少在詩中提及現實生活的景況。譬喻、暗喻、想像，是她慣用的筆法，也是她用以擺脫現實痛苦的方式。從《待宵草》到《已殘月》，其間的人生轉折，總是隱隱約約，很難實指何事。但這也就是白宇的風格，她在意的是自己的詩寫得如何，而別人又會怎樣看待她的詩。我覺得《昨夜風》、《已殘月》會寫到較多的現實感悟，是因為年歲和歷練。當老年的白宇回看過往的人生，她開始有了敘事的寫作型態，以文字來回味童年、少年的時光。如果我們跟著白宇的創作歷程，也可感受到白宇在人生之路的徘徊、踱步，她有憂心的事，但也有在意的事。她有挫折，也有夢想，她始終是在時間的甬道上，行走、前進，朝向自己的目標。所以我說她是「時間的行路人」，她有自己的步調，她是內省內視的人格，以不慌不忙的姿態走在寫作的路上。

白宇《昨夜風》的〈後記〉有云：

> 許為避免與悲慟面對面，歷經滄桑後，不得不讓自己經常麻木。孤獨的晚年卒愈依賴最高信仰的寧靜大自然。

誠然。大自然是白宇追求解脫和超越的境地，但在心靈上，她更在意詩的創作。《已殘月》的後記〈因為缺月〉表達得很清楚，她希望湊成風、花、雪、月的四本詩集，甚至還想寫一本小說。但她又克謙，自己寫的詩沒人看，只是默默地寫著。不過，畢竟這是她最大心願，所以她也說：

> 無法找蟲尋花的冷雨夜，閉門也造不了車，禦寒療饑仍須煮幾個字不可啊！那麼便做龜速蝸牛，一分一分地爬，經年累月總能爬上葡萄架吧。

如今，經年累月之後，白宇終於爬上葡萄架——正式出版詩集了。而且這件事緣起於一群臺大畢業學生的熱情，他們為了鼓舞白宇出書，輾轉想了很多方案。最後，由我的同事，臺大中文系教授李惠綿、陳翠英來跟我商談撰寫推薦序。我是白宇的早期讀者與仰慕者，當然一口答應。而且在我印象中，她是那麼溫暖又體貼的人，我曾帶孩子去她家拜訪，她拿著小熊布偶逗著我的孩子。有一次文友餐敘，她還送了我一包豆酥，我從此學會做豆酥鱈魚。

我和白宇，相處的機會有限，但總是有某種緣分牽引著吧。所以我不僅真心推薦，還寫了這麼冗長的一篇導讀推薦序。在此祝賀白宇出版詩集，期盼讀者跟我一起欣賞白宇雋永深刻的詩作。

二〇二二年十二月七日
二〇二三年五月修訂

自序

窮暮逢瀑

旱灼的七月，女兒又將離開臺灣，我也準備重返獨居老人的荒漠。一向寥寂的部落格異常地熱鬧起來，原來是臺大中文系63級的同學來捧場了，遂有一泓甘泉湧現，汩汩至今，甚且成為瀑流。

陳翠英教授雖退休依舊熱忱滿懷，時刻繫念關心著周遭的師友，初識便感受她的體貼入微，她不僅來訪幫我消化了一堆積灰的存書，進而積極建議正式出版。

記得馬森先生曾云：一千個讀者跟一個讀者其實是一樣的，袁瓊瓊說過作品發表直如立下墓碑，所以早習慣自己是唯一的讀者，既享受了覓字的欣悅，又已集印出來作紀念，也就不虛此生。

老來身心俱凝滯，唯有處處想方求簡，多一事不如少一事，但拗不過三位教授的敦促，原本只答應惠綿挪出三分鐘詢問，沒想到一發不可收拾，讓忙碌的李教授為此恐已耗費三十小時了。

擅長下跳棋、總先設想好幾步的李惠綿教授，每一個細節都幫我思慮周全，她說筆名「白雨」沒有「宇」的四方天地，格局變小了；她還把我的名字美詮為「純淨潔白、無塵無染的心靈天地」，於是決定採用原名，反正Google那筆名時，全是一位女明星的訊息。

惠綿另提點套書須備總名稱，而且風花雪月應納入書名，雖覺這四個字有點俗氣，討論再三，最後遇到宋代楊公遠這句「詩敲雪月風花夜」，風花和雪月顛倒後，好像沒那麼俗套，也似乎有了新意。

慨允作序的洪淑苓教授詩家則考量既是新詩集，用一句古典詩來當套書名稱，有點不搭，好在聽說它們並非套書，那該不必煩惱了吧。不料編輯還是打算把這句詩印在封面上，想來即便近年時對文字無感，清夜裡我仍喜悠遊古詩詞的靈境，又發現楊公遠號野趣居士，或許跟閒愛晃盪山野的老媼暗地應和呢！

蘇白宇

目次

導讀・從主婦日記寫起
——蘇白宇新詩集《詩敲雪月風花夜》中的四個象限／洪淑苓　003
自序・窮暮逢瀑　030

輯一　心園
心園　038
蟄　040
星子　042
徘徊　044
尋　046
待宵草　048
赴　049
巫雲　051
偶然　053
燈謎　054
臨河一葉　056
劇終　058
咫尺　060
待　062
斷章　064
懸　066
山　068
醞　070
第一樂章　072
戒　074
松　076
地雷　078

嶺上 080

輯二 響屧廊

遇 084
太陽 086
七月十二日 088
握 090
散步 091
遙望 092
約 093
今宵 095
茉莉香片 097
野柳 099
晬語 100
山箋 102
別後 104
練習曲 106
響屧廊 109
翹思 110
始末 112
故事 113
窗 117
伊底名字 118
往事 121

輯三 雨季

我 124
命運 126

塵市 128
燭 133
一天 135
弱水 137
電梯 139
雨季 141
明天 143
記夢 145
枕語 147
妻子 149
夢回 150
媽媽 152
時間 154
囚 156
鳥樹 158
流浪的樹 160
發福 162
怪獸 164
山莊 166
地史 167
美麗的星期天 170
花想 173

輯四 初晴

黃昏 176
爆竹 177
煙火 178
提燈遊行 179
初晴 180
入夜 182

獻曝 184
夏 186
藝術家 188
伏 190
草地 192
果汁 194
水文 195
河堤上 197
孵 198
雨韻 199
雨街 200
雨中鷺 202
嬰 204
音樂 206
夢 208
旅途 210
獨幕劇 212

輯五 局外人

暮 216
舞臺 217
考試 218
向晚 220
光的一生 221
依 223
時光 225
局外人 227
心 229
空間 230
共犯 232

煉　234
夜車上　236
橫直　238
月奔　240
鍛心　241
無事　243
落幕　244
磨　246
宴　248
等　250

後記　252

輯一

心園

心園

牽牛花密密遮斷了
那暗啞竹籬的視線
然後以紫色笑容
招展向藍空

從無所謂心事的藍空
任雲翻著筋斗
雲又披頭散髮，忙於
追逐頂任性的風

風不經意地走過小園
無可奈何搖曳的柳
還沒有相隨的權利
只好成天照著池塘發愁

一隻蜻蜓瀟灑飛來
無意間點破池底天空
癡戀雲影的池塘傻了
他依然睜大銳眼
毫不知情地飛去

蟄

不寫生夏的熱鬧
不呼吸浴場的人潮
金色的陽光
遺落了我的年華

蟄居的蟲
在夏之外，陽光之外
嚴冬在琴譜深處
記憶的畫灰暗如盧奧的下午

所有的希望傾聽驚蟄
陌生的步聲和車聲
行近復行遠……

星子

月亮出場，總是
以女王的萬千儀態
有人徹夜未眠
在她銀白的裙邊
她兀自陰晴圓缺

一顆冷藍的眼睛
始終脈脈凝定
偶而不慎，也

流露過一閃紅光
那人從未覺察

徘徊

一髮蒲公英的種子
讓風無意吹落在湖心
迷濛的水波在四周
才把它漾上希望之峯
又沉入半眠的夢谷

一節優美的旋律
被作曲家有意地
嵌入雲的迴旋曲

風迴天轉之後
鮮明的仍是主題

給愛神有意或無意射中的
那女孩想問：
大浪可否帶我到岸邊？
迴旋曲必須結束於偶然？

尋

找不到
找不到那顆星！
昏黃的月是一把刀
霧也恁地冷冷。
且邀夜色等待
那淚後釋然的笑

一串串的日子——
一串串的圓
在環上轉著啊
逃不出引力的魔咒

去赴一筵席，他們說：
我是今天的主人。
濃霧裡不見該到的客人
十九歲的蠟燭在幽谷裡

待宵草

沒有葵花的華服與媚眼
只敢從夜的屛風後面
偷偷攝盡——月亮上
你各樣的背影和側影

然後進入夢的暗室，任意
把那些銀光沖曬成
一根根金針，甚或
一片不辨的烈焰

赴

那紅葉將落下
風中奏著最緩板

薔薇跟三色堇招手
赴約的路上
女孩和含羞草
想騎快馬又想坐轎

睡蓮怎樣向長夜私語？

少年和飄萍躊躇。
是誰把彩石擲往空中？
青青草原躍入陽光

乘雪橇滑下阿爾卑斯吧！
以世運選手的姿勢
雖許只繞過
山腳那紅屋

按：三色堇英文名：kiss-me-quick

巫雲

你拾千級萬級而上
為要一觸那
仙遊山中的雲

直到髮際微溼，你才知
已被環擁入一片白茫
然則那樣輕悄
指縫裡隨時逸去
你什麼也不曾抓住

甚至還迷失了人間路

恨恨地，你掙扎再向高處
終至凌駕一切，即使
洶湧成海的巫雲在腳底
頻頻召喚，千萬
千萬別失足躍下

儘管，這山巔的空氣
淡薄得無法呼吸

偶然

有人劃亮一根火柴
險些燎盡了雪原

遲疑三秒，抖顫的手
甚且未曾點燃一支香煙

打坐的龐碩黑夜，即刻
便癒合了這丁點傷口

燈謎

不忍觸碰肉眼無備
那圓圓的容顏，每當
你支頤探詢，即刻
端莊地掩入方方的面罩

然則光暈依舊溫柔地
似五月雨落著落著
在冬夜的圖書館，逐漸
包容你成一春蠶

卻不知如何破繭。
疊了又疊，筆記裡
亂線交叉許多次偶遇和遙望
許是一組無解的矛盾方程式吧

遲遲不想翻開第一頁
擱置桌上的這本書
讓紅絨封面深鎖神祕：
永不開幕的一齣戲

臨河一葉

「跟我到遠方去吧！」
荒野中的浪子，那河
日日夜夜彈著吉他在唱

負載了交錯重疊的陰冷
岸邊樹底一葉
細細回想最初的陽光
靜靜守候歸根之完成

落河的這片影子總流不走的
撥弄她最多半闕無言歌
當葉紋上的雨露暗暗溢溜
切莫以為那是我
懊悔的珠淚

劇終

等最後一抹夕照也拭淨了
當月色悠悠思念日光，始來
採集某種足跡的旋律
在這列石級音階上

然後躡腳闖入那幢闃寂
一人坐滿他千百個坐席
要緊盯黑幕完完整整一夜
慢慢設想男主角

每一微節的音容

不知何時竟闖上舞臺
徘徊於未搬走的佈景與道具間
開始執導一齣未演出的默劇
當然還要兼任
女主角

咫尺

隔著防火巷的深淵
你吝嗇的窗始終
只肯透露一方昏黃
不得不也喑啞了：
我手上的吉他

忽然想到美麗的墜樓
惟有那樣孤注一擲，才會
逼出沸騰已久的呼喊

或能驚你開窗探詢

夜露中幾番思量
最後仍舊靜靜守候
直到站成一棵樹。
東昇月會讓我的影子
搖曳於你夢窗裏

待

路邊，曾幾何時
孤燈自己黑出的瘦骨
面對我枯立的視線
已纏結一鋼堅韌

倘若，能以此為軸
將漫漫萬水千山
畫一般細細卷盡——

等月亮走過半個地球
便東極的渺茫
亦不能再隱身

斷章

應該是個極短篇的
偏偏錯寫成了長篇
秉燭夜讀至最後一頁
才發現括號中的小字「待續」

次晨遍尋書肆都無下冊
出版社早已樓空人去
不知是絕版了
抑或根本沒有續集

待從頭收拾舊心境？
既已行到斷崖
連虹橋亦吝於升起
不如讓他餘生空白

懸

來不及了，來不及了呀
一夜之間，這顆魔豆
竟已在窗前長成天梯

而你卻無法築一通天水壩
如何，如何能斬斷一條河流
除非大旱三十年，也許

若挑他不足千條錯處
就快尋出萬種你不該的理由
爭奈都敵不過一個眼神

始終高懸啊，那個眼神
忙碌和沉睡頂多鎮壓半日
抬頭定逢長庚，要不啟明

山

楚山秦山皆白雲？
唉！除卻巫山

兩個巷弄之間的距離
在地圖上或者夢中，都是
簡捷的直線啊，為何
現實的迷宮不敢踏入
那扇樓扉不能輕扣

從此心到彼心
更有萬林千山
無數幻想繞軸又難成網
唯待提綱的手
領出一片江山

醞

據說那種福分
上帝才應許每個人
一生僅有一次。
因此你得步步為營
莫叫它如烈火一夕焚盡
頂好細水綿流啊
月月年年

專制的導演定要根據
親寫的分鏡劇本
從相識第一句對話
到分手的場景
一氣呵成，不許ＮＧ

於是每一片花瓣都要
在長夜裡細細思量
直到把每一分姿色
準備得絲毫不差
才在黎明第一道光線中
緩緩綻放一朵完整

第一樂章

導奏是命運扣門，抑或
屋後你的口哨？

第一主題引你泅浪渡海
第二主題該我翻窗撫琴
不論是否背得臺詞，既已
出場，便無須怯於呈示

展開樂段自由地發揮了

主題支離實非破碎
浪濤激盪並不逾岸
即使懸宕免費疑猜

因為一直翼翼小心
未留任何縫隙給眼眸
當旋律再現雖入新調
結束仍然不脫邏輯

休止符太長會點燃空氣哩
指揮啊切莫閃神
燙鍋不應觸及新桌
雪地難堪足印

戒

讓步履匆匆眼盯鞋尖
一早出門絕不要穿過
那浸沐桂香的長巷

別打開實驗室的窗
窗外雲天在召喚檳榔
紋白蝶想逗引蒲公英

趁晚霞燃燒之前
趕緊讓大門落鎖
順便逃過星空的掃射

最後密攏所有簾帷
以防月光氾濫成災
這才合衣準備入墓

冷不防一段旋律襲來
遂如潮線邊緣的沙堡
剎那間盡棄前功

松

當月光指揮海潮
海潮使礁岸蒼老
你原是忘卻岩漿的角閃石
在深山無動於衷
要讓青苔厚覆

未料筍尖早將雪面刺穿
不顧寒冬，竹已圍林
某個樂節整夜呼嘯

終成無法掩飾的
高音，一如心跳

而你非蘭非菊更非梅
連半片葉面都不敢伸展
只有針針凝聚關注
暗許自己或可立定為
竹邊孤松無言

地雷

有人在山林僻處
掘了一個深洞
清晨或者黃昏
每當血刻亦不足
弭平心念的翻騰
便趕緊奔向洞邊
朗聲對它傾訴
復以枝葉仔細掩飾
他日某人誤行至此

單腳踏空倒未陷入
只聞轟隆巨響
乃告殘廢終生

嶺上

一、霧晨

萬物無色的最初
虛無飄渺間
廬山乍隱乍現
過路的旅人一瞥驚鴻
不曾撥開這片沉默
花與蜜蜂在霧中躲閃
玩著捉迷藏的遊戲

二、雨日

只消擎一把金色的花傘
傘下雨絲一般纏綿
讓滴雨四周織一珠簾
任世界一片汪洋
惟見孤島依舊艷陽天
以為那傘即世界
以為能永恆這瞬間

三、冰夜

黃昏雨止

絢爛的虹橋上
他們完成了婚禮。
入夜驟冷
曾幾何時
簷前惆悵滴水
已在屋角悄悄
結了薄冰：
望穿透明
僵持不下

輯二

響屧廊

遇

當眼睛敏銳的雷達幕上
乍現伊幽靈的衣角
神經系統便多告斷路
隱約有一場地震懾住了秒針
臨刑的鼓槌漸急

另一種凱卜勒效應吧
伊本滯緩的步履
忽而電馳風逝地

帶走了伊的影子
方才囫圇吞嚥的一聲「嗨！」
叮噹耳際，鄭重反芻
猶自多餘地整髮理衫

太陽

在長廊另一端
為免正視的目盲
方採緊急後轉之計
即知鑄成了更大的錯誤

身後萬把光刀，殘酷地
在腳前清晰雕刻
那該是我的影子，抑或
竟是你的影子？

就是飛奔也休想超越
何況早已舉步維艱
最後凝定
成為雪人

一點一滴地，我
開始溶化

七月十二日

捧讀茵夢湖的年少
惆悵蟬嘶暫歇
悠然來去樹梢的白雲喲
恰似湖中那朵白蓮

午後陽光穿過樹隙
不偏不倚正落在我掌心
且於其上雕鏤天書一封
說是那一朵雲哪邀我

明天一同去藍空裡游泳

茵夢湖猛然變作
辛黛瑞拉的童話。
曼陀羅就要在黃昏展開大圓裙
南瓜馬車啊！
不知將駛往何方？

但明天必定要以
至美之姿
舞昇，直到
攀住那雲

握

彩暈圈住月亮的那晚
一個俯順的圓
完滿地內切於
一威稜的多邊形中

散步

無人的山道上
兩雙足梭來回
織就一疋月光華緞
穿綴的流星
是圖案

遙望

疊著霧窗也好
任旅人蕉閃爍五指
冠海履濤洶湧——
再複雜的迷陣
也絕難不倒
我們的眼睛

約

一如寺中競展著花燈
望樓上的小女兒
正款款對著幻鏡
展示她所有的衣裳和
各個弧度的微笑

騎驊騮的王子
迸跳的一顆心是
無奈的迴力球

才飛向仙闔
韁繩已無情抽緊
屋外懸疑的木梯屏息
——靜候，靜候
姍姍月光
為它披上禮服
匆匆跫音
譜出它的心跳

今宵

為它戴上一朵心紅
那蒼白瘦削的蠟瓶
也拭淚笑了。

群葉圓舞綠袖子
風吹奏著燭光
星們彈響了夜

唯獨受蠱的唇舌

一反常態
噤聲合瓣

茉莉香片

兩顆流星
在子夜的邊緣
碰上了：你說

光望穿光
火緊擁火

撞擊疊著撞擊
墜落。墜落

夢的烈酒
雷雨前的低壓
琴音乍止

一杯茶漾起酒後的旋律
微微的苦裡，淡淡的香
還漂浮著
遺落夏夜的一朵茉莉

野柳

藍色環抱一切
雲朦朧了對岸的煩惱
群石圍成伊甸
一片帆飄過石縫的剎那
一次默對鎖入永恆

就這樣凝然
任浪鳴濤湧，化眸光為
怪石中最怪而最美的
情人石。

眸語

無需水鳥飛上撲下
傳遞消息了，多數時候
青空只靜靜地將雲影投映
碧湖的凝望不過微微漣漪

偶爾會玩一陣球戲
雙方合作無間
每次過網的球都
細心承接，絕不漏失

還有一些祕密的祕密
就用視線慢慢纏繞
也算一種結繩記事
沒有第三人能解

山箋

溶不進蟲鳴鳥語
寫不盡千眉萬眸

且裁一方綠秧絨毯
灑上金色的相思花
拈一片白雲當信封吧
再用松針密密縫上

讓山城的風送它到山腳
乘一葦竹葉舫
漂到河口，越過浪濤：
北方，孤拔海濱是
一顆星

別後

暗夜裡，不慎跌碎了
一滴思念的情淚
晶瑩天際，便成銀河
遙闊光年無渡又無鵲

忙效精衛飛去
緊銜伊每一句話語
然則水月不成圓哪
填河甚且難於填海

唯待曙光將之一飲而盡
重聚的兩人爭相傾訴
往復如繡藝無痕，密連
這疋曾斷於剪的細綾

練習曲

你知道嗎？
我是頂用功的學生哩！
只等望盡你的背影
便埋首勤練這闋回憶

除了小小一段意外爭執
突起幾節急調
和風不疾不徐
曲前標記小行板

起始你以碎音喚我小名
三漣音婉轉最神聖的宣告
回音順逆，盟誓永不分離
顫音呢喃著情熱
頓音則是我假怒半嗔
而歡愉伴隨琵音飛昇
直到休止永恆

不許任何一個音符含混
我把它彈奏千遍萬遍
爛熟了再試變奏
最後還大膽地譜上新曲一首

當你再來的時候
肯為它配上和弦吧

響屧廊

從夢裡走向霧中
尤加利葉悠悠飄落
飄在北流的圳水上
落向你離去的道旁

你留置了多少記憶啊
竟有一岸音符
伴每一躡蹀
傾出

翹思

我要把想念寫在
絕不隔山阻海的
雲天

起初悠悠淡淡卷雲幾絲
漸漸排列得緊密了
最後一片濃黑的混亂
怎樣也理不出頭緒

等雨拭淨穹蒼
無垠一面大鏡
我們的眸光便在那裏
永遠相逢

始末

女孩離盡長長的沙灘
緊捧第一眼閃耀的紫貝
海和岩石的守候：
第一顆燃亮的藍星

故事

一、初遇

紅燈停住一件紅毛衣
青青腳踏車轉過綠燈
車流湍急的十字河口
岩石也留不住
目光濺起的一滴水珠
復有聖誕鐘聲，淹沒了
一個還未舉起的手勢

二、海誓

一直遙遙相望的
兩條平行的河流
終於在海裡攜手
構成一個下墜的漩渦
（他們還勾了勾小指
說永遠……說永不……）
沙灘如魔毯飛起
兩枚貝殼仰泳於
雲端

三、回首

回首已夕暮
海誓海市再也不見
霧靄自相纏繞
一則實無謎底的謎面

模模糊糊地憶起
只因迷信分手的預言
曾經那樣鄭重地
退還了伊送的手帕
眈眈直射的車燈

並不納罕
無可避免的定局
如日沒，如葉落

窗

火車出軌消息頻傳
往往是藍天噤息的假日
或者風鈴款擺的黑夜
有人多事打開塵封的窗
隨即一片風景乘虛闖入
如一顆星隱隱黃昏
依稀一張容顏浮現

伊底名字

最初是不能觸及的星辰
只敢暗夜裡虔心仰望
逐漸在夢中似雲猶疑
模糊的祕密只好鎖入抽屜

偶然竊得一種版權
隨即鄭重其事
每天以二十五小時，雕琢它
成無數的驚嘆號！

驚嘆於金石，子夜枕下
恍惚飛出齊鳴的聖誕鐘聲
交響樂終止和弦一般強烈
過後卻是永恆的沉寂

已然一方墓碑了。
從此小心翼翼，堅持
閃避一切同音的字
要叫它變作陌生的異國語文

豈料伊底簽名式竟如符籙
不由分說湧現筆端

而那幾個音符脫口溜出時
大約只是一聲喟嘆吧

往事

月光洶湧的夜晚
霧蛇纏繞樹林，無人吹笛
一身縞素，那女子
若隱若現的背影已然
漸行漸遠……
一瀑舞錯風的黑髮推證
美貌使你深信不疑
然而她是絕不肯回頭的
無論你以情且使勁呼喊。

最好坐下來沏杯茶
目送最後的留戀終於消逝
如果你硬要搶上前去
用力扳回那張臉
那張臉只是
一片空無的白

輯三

雨季

我

危危屹立
已風化成粉末的
一尊石膏像

盈盈滿溢
表面張力已達極限的
一杯菊花茶

每一縷光線是
一道利劍
無情地穿透
那透明的靈魂

命運

木已成舟
舟已涉水
東向，茫茫
回首無岸

月已繞地
地已繞日
最低速率限制
軌道上一列直達車

已然。
默然：雛菊合瓣
鴟鵂瞋目
漠然。

塵市

黎明不是開始，而是
許多夜戰的結束
褪色的脂粉，黯淡的鑽戒
遮不住頻頻呵欠

排隊擠車過陸橋排隊擠車
喇叭紅燈煞車聲喇叭紅燈
漠然兜圈的鐘
無目的地反覆滴答

穿過鋁柵的迷陣到對街
紅眼睛的白老鼠們
在各式各樣的鈴聲裡
實驗交替反應

黃金地段的實驗室
鼠籠也疊起了羅漢
夾心餅乾夾白千層
泥土在地下室下面的地基的下面

隔牆是雙耳的謎面
前門花盆擺著擂臺

後簷竹竿默默相望
等待一陣風雨寒暄

訪客先驗明正身
通過重重電鎖電眼，然後
大家面對螢光牆壁
不思蜀，不思過

纏足的花們
手臂也無晨操的餘隙
鐵窗許是裝飾趣味
永不開向風景

春天來了
街樹伸長頸子去望
（新葉只純淨地綠過那麼一瞬
嬰兒只放肆地哭過那麼一回）

遊覽車橫衝直撞於花季
蜂群如爭睹車禍般爭睹春天
花枝在人縫裡奮力搖曳了一下
就被送進照相館的暗房裡

擠得扁扁的太陽，匆匆乘電梯
爬下方方正正的泥灰丘陵

滿臉塗抹，霓虹燈擠眉弄眼
晚霞和星光退去

風也屏息
海鷗不來

燭

沒於黑夜的
一支白燭
已無法確定
自己的形容

除非自焚迸淚
沒有厚度的纖影
或然能在風中飄搖

但火山死寂
早就剪斷了：
那通往地心的
引信臍帶

一天

本來打算裁一件晚禮服的
用這塊隱現星月的
曙色衣料

奈何先皺縮了一尺
在雪泡和海龍的漩渦裡
雞毛帚更撢盡了
應循的畫粉
三餐上桌，不由分說

硬狠狠的三道橫剖
早報把領口挖得太大了
更有門鈴不速
鏤上畸形的扣洞
而菜刀加緊剁它如砧板
累累傷痕油煙妄想塗治

迴光返照後
這不堪的襤褸，只有
塞入枕中
孵夢

弱水

曾經飛瀑
曾經噴泉
琤琤琮琮淌過小河
也以至美的輕姿
奔向愛戀的太陽
豈料雲端踩不住
傾盆跌在人家屋角的瓦缽裡
青鹽滲進
紅糖溶入

暗夜裡哆嗦著身子
咬緊牙妄圖塑煉自己成
一塊有稜有角的堅冰
卻得不癱瘓於
熱帶漠漠的星光下

電梯

每天每天
塞入公車掙出電梯，鑽進
大廈十三層無窗的辦公室
這才透了口冷氣
重見到天日——

頭頂天花板日光燈還未及招呼
頂頭上司眼飛一鏢
連他桌前的瓶花

亦告俯首折腰
趕緊把黑袖套抹得更亮
灰鞋底磨得更輕

每夜每夜，總要夢見那
上上下下開開闔闔不得喘息的電梯
恍惚自己胸前也生出一排圓鈕
任人撳按。也有那麼一次
它突然變成直衝太空的
火箭！

雨季

撤離一切鏡子的命令早已傳下
多雨的季節啊，可不能
讓堤防有一絲絲縫隙

要使鼻息不走板
為免心律落荒腔
眼耳唇舌只有輪流加班
來把時間殺絕趕盡

當螢光幕空剩一片亮白
零食罐再也倒不出一粒瓜子
不知安眠藥能否將那群
展翼成千面鏡的
狂鶿鳥
一一擊斃

明天

緩緩吐著煙圈的清晨啊
悠然觀賞院中一株變色龍
昨日粉藍淺妝的
今天已濃抹深紫
明朝就要穿一身
新娘的白

傍晚去理髮店清洗油煙
猛然瞥見今天坐在鏡前

一個絲毫不差的明天映現
再望進去，還有
無數個返照的明天
都是一模一樣

記夢

騎著一輛煞車失靈的腳踏車
想繞避市場才發現還不能轉彎
忽聞天秤叮噹行遠
一些馬鈴薯黯沉西天
繼而成群的月亮飛落
地面撐出幾把黑傘

有令傳我擇一命運鞦韆
盪向霧藍的窗眼

佈告牌前人叢正議論——
我鉤織的那條圍巾
他已轉送給了她。
白衣天使緩步走近
抱著我的第三個兒子

枕語

不可或缺的空氣麼？
頂糟不過的比喻了
就是最微末的一絲風也好
只要能拂動你髮梢纖毫

水手和浪風一般不耐的
莫非溫靜的港灣？
冷調的綠蔭終竟是
謀殺悍日的兇手

請不要栽我在門前長青
但願燃亮你窗剎那
我寧朝生暮死——
一振翅彩蝶

妻子

分明只能輕揚向上
在天平的另一端
然則玩起蹺蹺板來
即如盛土的盆鉢
對面那人永是
吞吐雲嵐的玉葉

夢回

安魂曲唱完以後
一直服貼端整無缺
那知厚重的石棺
竟經不起星芒無端一刺
一縷靈魂便乘隙脫韁

首先急急試探人間
嘈切耀炫排山倒海
奈何投胎時辰未臨

縱狂呼亂舞，也無人知覺
這無聲無影的夢魘

乃緩緩轉回闃暗的幽冥
覓求知音傾訴不遇
而碑群硬冷，眾魂不驚
我無鎬無力還無手

月亮啊請帶我回家
叫媽媽把我密密牢牢地
縫進那具甲冑裡

媽媽

在沒有電梯的大廈裏
千手觀音每天上上下下
反復演出一齣掌中戲
永遠緊繃的弦，只會
割出尖銳的高音

直到六十歲生日那天
么兒和新媳送來一把搖椅
那組弦從此鬆弛喑默了

面對掛鐘擺盪無盡的清福
想起暮色中無人的鞦韆

時間

屬於文曲星的是純金
他要打造一頂桂冠
金童玉女則當作泥土
任意揮霍，隨心揑塑
我的呢？早給竈神
炊成輕煙縷縷
連魔瓶也收不攏啦

萬般無奈高利乞借
睡神這才吝賜沙漏一個
眼睜睜讓秒分流盡麼？
擊散後能否淘洗出什麼顆粒？
不然堆得沙堡也成
只要日永不出，潮不再漲

囚

那枚戒指，一副手銬
無期徒刑！法官宣告
再添三根臍帶纏成腳鐐
叫你在曠野為犯

後來他們又變作機關牆
在壁面可伸縮的囚房裏
至少手腳得了自由
室擴時還可以踱方步

擠塞就往牆上塗抹
最幸運的是：頂上
並沒有第五道牆
只要那方雲天
永在，你甚至無懼風雨

鳥樹

在林中醉日吟風的時光啊
每天總有鳥群棲附耳畔
向我訴說各樣祕密

不幸來人削去披肩長髮
燙成鬈曲文風不動
又鋸斷好多雙托月之手
垂翼剪就永不許撲振

最後裝上絕對黑白分明
但從不眨動的義眼
叫我到圓環中央立正
從此扮演一株綠禽

車鳴塵漫裡盼了幾天
好容易有隻麻雀飛近
牠盤旋遲疑終告遠去，竟不能
與昔日母親相認

流浪的樹

總是緊裹黏土厚襪
穿著一隻網狀繩鞋
我是永隨主人遊牧的龍柏

上星期在山莊工地作秀
明天要到展覽會場站崗
幸有知己黃金榕常相伴

為免我們趾爪亂竄
偶爾休假便塞入鉢靴
一切夢想只能鉢內打轉

極其饑渴啊！
何時才能定居大地
讓腳長直地伸向河的磁極

發福

想製造一個真空之境
得向整個大自然宣戰
要維持體內起碼的濃度
也須緊閉所有的孔窗

全面棄甲投降以後
報紙和連續劇率先據地
接著鄰人和蟲蟻闖進
美食當然不忘空飄色香

浸泡在稀淡的俗世裡
所謂消毒液不斷滲透上升
你便如一切瓶中動物標本
呈現幾分蒼白的屍腫

怪獸

初臨此地那夜
牠確挾雷霆之勢，不巧
恰逢電視黃金時段
縱使驚落了幾顆星星
黏在沙發上的人們
倒沒有一個欠身

次晨才有人注意到
牠不尋常的足跡

卻是兩道凹陷的深轍
連綿不斷直至山腳
這傢伙一身橙紅
陽光正替牠打閃

忽然牠開始咆哮，輕易地
踏平一棟磚屋以後
直往山頂輾去，一路
怪手且東掘西掏
唉呀！眼看牠再抬舉一次
就要挖下一塊天空來了

山莊

一年將盡的時候
外星人看中了這座杉山
聲稱要佈置一棵聖誕樹
因為老掛不好那些燈屋
粗手粗腳的他們
把個好端端的青山
凌虐得禿頭灰臉
不過夜晚從飛碟遠眺
還蠻像那麼回事的

地史

古早當我沉睡海底
深藍的夢裡只容
珊瑚和貝殼的圖案
游魚竟日穿梭亦不驚

而後在山的褶裙邊緣
我成廣袤平原一片
幾番風雨滋生出青髮
時有野馬撩撥，馴羊修剪

千百年卒成莽林幾叢
花鹿奔馳從未留痕
及至人跡出現
小徑或有裝飾趣味

然而他們終於伐盡了
樹木，連同蟬鳴
又狠狠地焚盡了
草原，連同螢火

當茅舍聳入三十層鋼廈
當馬路擴展再拓寬

電桿根根替代了尤加利
誰曾注意窒息的我呀

美麗的星期天

（今天天氣好清爽
陌上野花香）
空氣調節的金屋恆春
不開窗的大廈永晴
室內咖啡濃郁和著衣香

（青山綠水繞身旁
小鳥聲聲唱）
高樓車河欺身打結

喇叭處處突兀銳音
斬荊披棘從人叢闢路

美麗的，美麗的星期天
快快擠上電動扶梯
去爬百貨公司之山
從一樓到十一樓，保證
樹石蟲鳥一應俱全

小人國的廬山在方缽裡
易開罐仙人掌三分鐘開花
蝶翅畫搜集整座蝴蝶谷

畫眉錄音巧囀不斷
野餐不乏速食麵即沖湯

下山絕不能空手啊
因為他單薄如一張紙
要靠大包小盒來鎮壓
而在日曆復黑以前
更需一批新衣去粉刷

花想

也只想癱為落葉
每到黃昏，孤挺花
最多掙作嫋娜蔦蘿吧

待詩燈逐一燃點
夢中忽起雄心，明朝
要成大樹遮蔭

輯四

初晴

黃昏

顏料擴散自日心
過飽和的絳橙溶液
沉澱黑色為夢
其上，結晶寂寞的星

爆竹

一群坐立難安的頑童
扭動如倒吊著剝了皮的蛇
定要將寂靜的水晶
橫直震個粉碎

煙火

曇花怒放的晚上
銀河岸新栽了許多火柳
孔雀睜開
一億隻眼睛

流星雨
自虹霓灑落

提燈遊行

冥王星上的天文學家，這夜
在望遠鏡前驚呼起來
老地球何時掘了條金河？
要不是一群新衛星？
怎生它也戴上了幾道
如土星的光環？

初晴

黑白小螢幕，驟然跳接
總天然色新藝綜合體
於是所有的屋子
敞開所有迎接的窗

獲赦的囚徒奔向草原
抖曬霉溼的枝葉
剛由廣寒宮回來的太空人
奮張肺葉於純氧的大廳

相濡以沫的沙丁魚
忽得款擺鰭尾於浩浩大洋

當另一個黎明
凜然旋舞至藍幕中央
每一隻鳥，每一個人嘴邊都有
一支引信很短的歌

朵朵盛綻的朗笑是
一連串音符
隨著升騰的水氣
飛向穹頂

入夜

不知鑿穿了多少
白裡透藍的大理石
擠眉弄眼的瑪瑙也瞧不上
又到漆黑的煤堆裡
七翻八尋，終將
剔透千面的水鑽
一一發現

海也忙碌了一天
篩去耀金浮光
濾過奼紫嫣紅
只留下熒熒綠綠
幾點冷冷漁火

山巔燈塔守望的眼睛
似蚌殼緩緩啟閉
而若珊瑚凝定永恆的
是礁石後兩雙
情人的瞳仁

獻曝

始信光確實似水波
當冬陽一漣一漣地撫漾
你趕忙張開所有的毛細孔
甚至骨髓，去迎聚

唯獨眼睛是闔上了
因為不知何處
有催眠歌溫溫在唱

待陣風驚醒無夢
早已烘成了鬆軟的蛋糕
你這塊溼冷的麵團

夏

大海思慕藍天已久
直到季節沸騰
再也耐不住了
便打發一群水氣
砌造摩天的積雲
一陣雷雨穿針引線
演出喜劇的高潮

更深夜靜，說也奇怪
他們倒返回十八世紀
僅以漁火和星眸
默默對答

藝術家

不承認兩點間最短距離是直線
不肯搭一道省力的斜面
跑百米絕不穿釘鞋
吃蘋果耳朵更費力

有時一可以是一萬
有時一只能是一
星星準是眸光變的
蝴蝶和毛毛蟲怎會是一家？

頂著天花板還要學火箭的氣球
思緒成天價在做布朗運動
把山都削成了絕對的懸崖
自己飛身縱下

成——瀑布

伏

空襲警報不曾拉響
除卻歸鳥零落
那有敵機的蹤影？

搶灘部隊定屬謠言
護城河安安靜靜
自顧自醉飲著紅霞

遙遠的砲聲也未聞一發
最多是，敏感的面容
依稀展一絲不安

驀抬頭——黑夜已掌權
始恍然：原來
敵方的奸細
打黎明，就已
遍伏城中

草地

加不得一點春陽或月光了
這盈溢的一盅綠。
總先誘你甩脫鞋襪
漫步其上變成白羊
俯首細嚼幾段清冽
再將所有的負載託付
偃仆凌亂他絕不介意
只微微呵癢輕輕撫愛
直到你們的呼吸完全一致——

即如扁舟繫纜港灣
起伏於一瓣小波上悠然

果汁

苦候了一整天
那枚橙果終竟熟透了
趁它墜落虛無之先
西山趕緊前去壓榨

不慎溢出的一滴
染豔了所有雲裳
留下一盅要以星空篩濾
然後細品其醇芳於子夜

水文

夏日靈感總是起始於
漾漾不定的水面
密密麻麻昇騰滿空
在雲上寫成了總譜

閃電指揮棒隨即一劈
雷的定音鼓擊完前奏
風之管樂便吹響江湖山林
雨指則拉起每一片葉弦

彈弄每一爿屋簷
忽地陽光復明
唯見數峰青青

河堤上

雖界水平線的危顫
亦有地平線的豪闊
蒼茫野際，我是
月之女神悄然運行

不知人們眼裡，我
是圓是缺或明抑晦？
這絕對的水晶
恆足喜悅的飽滿

孵

那隻無翼的巨鳥
竟日窩在雲堆上
死命暖抱一枚金蛋

待殼轉殷終破
陸續鑽出銀葦無數
欣聞吱喳紛紛
天空含笑瞑目

雨韻

反覆不歇，無數剔透纖指
在夜的黑鍵上
彈奏婉悒的蕭邦

不忍卒聽哪！
趕緊試試反面，也許
有一闕莫札特的搖籃曲

雨街

唯有在落雨的夜晚
失根的街
才尋見自己
久違的影子

幾乎有河的錯覺了
當車燈雙雙
華麗地掃亮透射
而輪跡輕濺一種喟嘆

至於那些坑坑窪窪
早給水粉撲勻了
再經雨絲漣漪幾下
也確有一分春水之姿

雨中鷺

這具落地豎琴太大了呀
那披雪衫的女子
就是急急撲翅也來不及
撥弄上億根細弦

她轉而決定呼朋引伴
群鷺聯翼成梭
打算給青山織幅
永恆的面紗

再度失敗之後
她們索性紛紛停佇
在河的無限譜上
成為最亮麗的音符

嬰

輕掬這一朵初英哪
以禱祝的虔肅
　熾愛的柔懷
　履冰的戰兢

只等那雙潤玉踢開苞葉
襁褓蕾心微舒漸展
就要炫示一對
啟明星

雪浴之後
我從水中撈起的
的的確確是
一個滿月

音樂

只有水
也只有水差可比擬。

當你迷途黑霧，蹣跚林山
請凝神諦聽，務必
辨出那仙界的淙淙

然後追尋水跡
由小溪而江河

終至浪濤沖激的
大海

幾為喜悅溺斃的瞬間
忽然你浮成一座
孤島，然則
恆常自給自足

需要音樂浴哩！
微涼如細雨的鞭策，清晨淋灑
臨夢浸沐，則是一床暖被

夢

為了接替蒙霧的雙晶
她鼓足腮幫，一個接一個
吹出無數肥皂泡泡
映現層疊的夜光日景

象牙套球千層哪
行不盡花明復柳暗
穿梭時光隧道的偷渡專家
奈何買不到回程票

倏忽失翼的天使翻身不得
被方磐鎮為一張薄紙
所幸這卷未曾定影的
奇色膠片，絕經不起
絲毫晨光

旅途

無奇的山水，同樣的雲天
你偏認定那是北歐
忽而又像南半球了
原來你可以出沒
海角天涯
如風一般自由

忘了紅燈要停步
不記得還有吃飯這回事

也許你已不在任何地方
當你擺脫重力而懸浮
人間不過多一
失蹤事件

獨幕劇

當夜幕緩緩拉啟
星燈還該有幾盞
亟盼替班的夜梟
鳴聲已告垂危

待這列金雞衛士
全副披掛上陣
輪唱聲裡，星燈乃
逐一熄去

忽然由四角湧出
一群蹦跳的雀童
吱喳宣敘幾番後
開始混聲大合唱

驚醒了雲裳宮女的夢囈
趕忙起來更衣練舞
在初藍的佈景裡
把隊形排演又變幻

直到完組美之極致
胭脂也抹得濃豔了

正中旋升另一圓臺
主角太陽國王這才登場

（劇終）

輯五

局外人

暮

一枚赭色的螺絲釘
將日旋入夜
螺紋與螺紋，壓路機與路面
節節落荒，且無退路。

沉船後：
無鰓動物掙扎著陷落

舞臺

黑絨深垂的荒原
開幕的鑼聲不響

女孩舞一朵白花
一隻火鳥。最後
舞成了風

落幕者酣睡無夢
濃霧迷濛了觀眾的眼睛

考試

用五彩的書籤
釀製繽紛
紅與藍隔頁相覷
遙遙的天路歷程

爬上一百層的大廈
趕演一齣跳樓的悲劇！
而唯一的通路是
永遠向下的電動扶梯

囚於白色的四壁間
觀看行軍的螞蟻
晚餐比自由容易
藍天呢陽光？

海底這枚氣泡，明天
若掙出水面
喜孜孜旋轉上升之後
也再不能著路

向晚

地殼也逸為四散的雲氣
靄靄漠漠
無上無下無左無右
且無重量

聲音呼喊回聲
真空中，宇宙自己
也聽不到

光的一生

嬰孩
無意在藍空素描的
一絲悠逸絹雲
把所有投射的光色
璧還給造物，乃有
冰肌玉骨

青年

枝梢一抹綠葉
水邊一朵紫花
將雜色的夢藏在心底
學會了以衣裝巧扮自己

老者

負載著萬事萬物
沉默的黑色大地
只消一件斗篷
包蘊一切的光熱

依

大氣緊緊環抱著地球
海洋不忘撫拍珊瑚
永不甘心的風
定要把花葉忙壞

即使冰冷的牆
影子也要熨貼
愛神怯寒哪
愛情要求溫暖的偎依

一切流幻的
都企圖
容納或被容納
來肯定
自己的存在

時光

有時以光速飛去，連同
你和它中間整片的空氣
你休想趕上，更沒法
填塞這一大檔懸疑

或如水蛭黏附不去
身陷沼澤不敢動彈
只有聽任抽血針
絕不還價的勒索

每一級你踏過的梯階
它從不忘緊隨蛀蝕
等你喘息於樓頂
終要重重跌下

局外人

一棒掄飛的小白球
頓若外太空的飛碟
攫住每一隻內外野的眼睛
而高牆外
緊攏風衣的過路人
漠然俯首追蹤
紅磚上自己的鞋尖
當我們同在一起拍手唱歌

這一環人圈的圓心上
那頂熱心的紫衣女孩
是森林裡一棵紫葉樹
她並未離開
但早已缺席

永遠是局外人：
每個人是另一個人的
靈魂是軀殼的
耳朵是眼睛的
左手是右手的

心

那樣礙事地裸立於莽原
這未攜忠犬，徒負空槍的
獨行獵者，猶自
凝睇穹蒼

將之猛吞或細嚼
環伺草中的嗜血獸，正
各作最後的盤算

空間

為要從石縫中擠出這
隨時會給踩扁的
一小片可憐的嫩綠
深埋地下的一枚種子
在暗泥裡分秒掙扎

不會上階的山龜
選定一條小徑，立刻
馱起重殼日夜俯首挪步

堅信聖地必在盡頭
從不作任何瞭望

那無限自由
俯瞰人世的百靈鳥啊
卻不知該飛往何方
便如塵沙
隨風飄盪

共犯

一個極端畏寒者
就住在緊鄰隔壁
既無自焚取熱的勇氣
他正四處尋訪縱火同謀

奈何我的破屋急售不出
天生又不喜八方遊牧
修成銅牆鐵壁是來不及了
趕緊買個火險吧，還怕保險公司

賠不出灰滅的記憶
思前想後，終於決定
去應徵試火
讓世界
同歸於
燼

煉

一個火團逃離星雲
自變為一輪太陽
漸行漸遠，亦愈冷靜
世人只當它無名的客星

風竟可流成水渦
火終能凝就晶霜
星以其光雕塑
一尊人面石

默默運轉間
再過一百個世紀
織女星將繼位
北極星的王座

夜車上

快車奔馳黑夜
自己的影子在窗上
茫然疊映風景
如同十九年總總

而山色沒於黑暗
星光隱於路燈
所謂風景，不過一些
飛逝身後的亮點

甚至無法停車細數
同車的陌生人，才是
頂清晰的現在

橫直

在寬容的天弧與
坦然的大地之間
何苦僵硬地架起脊骨
妄想撐天柱地的Atlas呢？

且攤放到沙灘的治療床裡
待像一片草葉一般輕巧
就隨晚風和潮水
漂向遙遠的海上

遙遠的海上，天與地
如雙唇自然緊閉
於靜默的水平線際。
偶爾波濤蕩漾
便是它微微笑了

月奔

近來地球勤習箭藝
但願身手強過后羿
因為謠言四起
都說夜夜失眠的嫦娥
一直眼嫌這扁圓的一粒沙
終思將靈藥吐哺痴月
索性要它奔往
億兆光年以外的星系

鍛心

決定要鑄一把無影無情劍
否則一支玲瓏有緣的鑰匙

遂狠狠地提起這尾蹦跳
飛速擲入千度的血燄
鍛燒百年之後，再以
萬噸的腦鎚擊打它億次——

但不知到頭來會不會

只剩得秋葉一片風中
即使最猛悍的電擊也
再不能引動它一分

無事

栽種子於海底，不知會不會
結出鹹鹹的果實？

一件紅泳衣越過警戒繩
已經接近嗔目的燈塔了
救生艇急忙搶前

那對湖光清澄不解：
我不過想去水平線
畫上一片白帆啊

落幕

曾經植根舞臺
無論紅衫綠裙
定要亮片綴滿
在眾人屏息仰望黑絨間
姍姍遲來一爿星空
待聚光燈驟然打閃
獨一的太陽即爆開雷雨陣陣

曾幾何時，忽然決定把自己
關進一個小木屋，木屋
要掩藏樹叢裡，樹叢
要深栽群山環繞中。
除非披上黑夜的大斗篷
再也不想出門

磨

唉！這根鐵棒生來
就這般容易生鏽
見不得日光，吹不得風
更別說雨霧了

想鑄劍什麼的
只好披星戴月去趕
那知才磨掉一層鏽
天已無情地亮啦

無奈重候星月，夜復一夜
末了仍緊握在鐵匠
臨終的手中
是為詮釋的陪葬

撿骨那天，赫然發現
這傢伙細瘦光亮
還有一點近似
那個叫「針」的東西

宴

那年夏初，尚未熟悉
舉手禮、舉杯、甚至舉步
翅膀猶溼的稚螢
連汽水且不願沾唇
卻誤入巡酒的行列
慌張跌撞於眩目的燈火

城傾樓焚之後
縱有豪興飲盡千杯

失落佩花的主人
亦尋不見某種眸光
掌燈俯察眾生
乃唯一的優勢

等

等兒女長大，盆中花綻
等冬天變暖，夏日漸涼
等雨季轉晴，黑夜放明

燈恆等夜哪
夜在盼星
星候睟光
問路

今晚定要步下樓去
走出這條窄巷
到海邊守漁火歸來
或者去廣場望一隻
不會飛回的鴿子

任何等待，聊勝於
死亡的秒針
一圈復一圈地
等你

後記

今年三十四歲了，在別人早是果實累累，而我這遲至花季才播下的種子，為了趕著開花，只能開出瘦瘦小小的一朵。不過終究把塗抹的東西結集印出了，多少算個交代。

中學裡除了沉迷音樂，最喜歡的功課是數學物理，既然不愛背史地，又怕解剖動物，聯考選擇甲組似是理所當然。氣象學了四年，也不是不曾投注心力，奈何時間有限，愛上文學，就不得不放棄科學；成為太太、便不常碰到自己；當了媽媽，且不能兼任老師。如此退寸失尺，幾乎找不到立足之點了，幸而絕處逢詩——詩是水盡處的明花。

「待宵草」只是原野裡一種微末的植物，取以為名，同時也因它們多半萌於家人都入夢後的靜宵。不論那是面對自己抑或逃避自己，這種「遊戲」還真迷人，就是一整夜才砌成一塊磚，也有莫大的喜悅。可惜它時會「見光死」，清醒後便看著不成樣，三個小孩和繁瑣的家務又不允許連開夜車的體力；於是塗塗改改、寫寫停停，常有從第一個意念到全首完成，間隔數年甚至十年以上的，些許詩意恐已磨盡。

集中最早的一些寫於一九六八年，全集112首，分為五輯，大致有分類之意，並未依序。僅有幾首曾以「雪里」和「白雨」的化名發表。雪里原是爸爸給媽媽取的名字，媽媽原名襲履，巧的是那種小白花（Edelweiss），有譯作雪履草的，而「小白」是我的小名。我本生長於雨港基隆，且以為「白雨」即雪，「雨」恰巧又是小女兒的名字。這本書當獻給所有我愛及愛我的親人。

蘇白宇

一九八三年三月

語言文學類　PG2860　秀詩人105

詩敲雪月風花夜
待宵草

作　　者 / 蘇白宇
責任編輯 / 孟人玉、廖啟佑
圖文排版 / 黃莉珊
封面設計 / 吳咏潔

發 行 人 / 宋政坤
法律顧問 / 毛國樑　律師
出版發行 / 秀威資訊科技股份有限公司
114台北市內湖區瑞光路76巷65號1樓
電話：+886-2-2796-3638　傳真：+886-2-2796-1377
http://www.showwe.com.tw
劃撥帳號 / 19563868　戶名：秀威資訊科技股份有限公司
讀者服務信箱：service@showwe.com.tw
展售門市 / 國家書店（松江門市）
104台北市中山區松江路209號1樓
電話：+886-2-2518-0207　傳真：+886-2-2518-0778
網路訂購 / 秀威網路書店：https://store.showwe.tw
國家網路書店：https://www.govbooks.com.tw

2023年5月　BOD一版
定價：320元

讀者回函卡

國家圖書館出版品預行編目

詩敲雪月風花夜・待宵草 / 蘇白宇
著. -- 一版. -- 臺北市 : 秀威資訊科技股份有
限公司, 2023.05
面；　公分. -- (語言文學類；PG2860) (秀
詩人；105)
BOD版
ISBN 978-626-7187-34-0 (平裝)

863.51　　　　　　111018654